Las ruedas del autobús

Illustrado por
Melanie Williamson

Cantado por La familia Amador

Barefoot Books
step inside a story

El bus arranca con ruidos y crujidos.
El chófer dice: «¡Sean bienvenidos!».
El bus arranca con ruidos y crujidos,

rumbo a la ciudad.

Las ruedas del autobús giran y giran,
por las colinas, por las colinas.
Las ruedas del autobús giran y giran,

rumbo a la ciudad.

Los niños del autobús gritan y juegan,
en lo que llegan, en lo que llegan.
Los niños del autobús gritan y juegan,

rumbo a la ciudad.

Todos los papás se ponen a cantar,
y el tambor tocar, y el tambor tocar.
Todos los papás se ponen a cantar,

rumbo a la ciudad.

Todos los bebés se ponen a llorar.
No quieren callar, no quieren callar.
Todos los bebés se ponen a llorar,

rumbo a la ciudad.

La rueda del autobús hace
¡PUM!

AUTOBÚS 1

—¡No tengan miedo! —dice la abuela—,
solo es la rueda, solo es la rueda.
—¡No tengan miedo! —dice la abuela,

rumbo a la ciudad.

Las mamás del autobús hallan la rueda.
Parece nueva, parece nueva.
Las mamás del autobús hallan la rueda,

rumbo a la ciudad.

La gente que pasa quiere ayudar,
y otros mirar, y otros mirar.
La gente que pasa quiere ayudar,

rumbo a la ciudad.

Las ruedas del autobús vuelven a girar.
Gracias hay que dar, gracias hay que dar.
Las ruedas del autobús vuelven a girar,

rumbo a
la ciudad.

Guatemala

La historia de este libro ocurre en Guatemala, Centro América.

Características físicas

Guatemala es un país pequeño y tropical, y es tierra de selvas, montañas y lagos. En su costa, encontramos arrecifes de coral y playas volcánicas. Las únicas regiones planas del país, están cerca de las costas.

Mercados

Los mercados son una parte importante de la vida de Guatemala. Cada semana, la gente viaja desde sus pueblos y granjas para vender y comprar diversos productos. El día del mercado es como una fiesta o un día festivo. Ahí se venden toda clase de productos, entre ellos: huevos, maíz, tomates, pájaros, animales y algunos artículos tejidos a mano, como blusas, pantalones, sombreros y rebozos (chales).

Camionetas de pollos

La gente, a menudo, viaja al mercado en "camionetas de pollos" (también conocidos como "trambillas"), como el autobús de este libro. Estos autobuses, usualmente, son viejos autobuses de transporte escolar de los Estados Unidos, disfrutando de una nueva vida más brillante y colorida, en Guatemala.

Tejido

Muchas mujeres guatemaltecas usan, tradicionalmente, una blusa llamada huipil. Esta hermosa blusa tejida tiene patrones tradicionales bordados con los colores brillantes del arco iris. Cada pueblo cuenta con patrones e hilos únicos. El tejido es una parte muy importante en la vida de Guatemala.

El dinero

El dinero tiene nombre de pájaro: el Quetzal. Los Mayas fueron los primeros pobladores de Guatemala y usaron las llamativas y coloridas plumas del quetzal como moneda. El Quetzal es, también, el ave nacional de Guatemala.

Bandera guatemalteca

La bandera guatemalteca tiene tres franjas verticales: blanco en el medio, bordeada, a cada lado, con franjas de color azul celeste.

Las franjas azules representan el Océano Pacífico y el Mar Caribe al oeste y este de Guatemala, respectivamente. La franja blanca simboliza paz y pureza.

Las ruedas del autobús

Alegre y vivaz ♩= 140

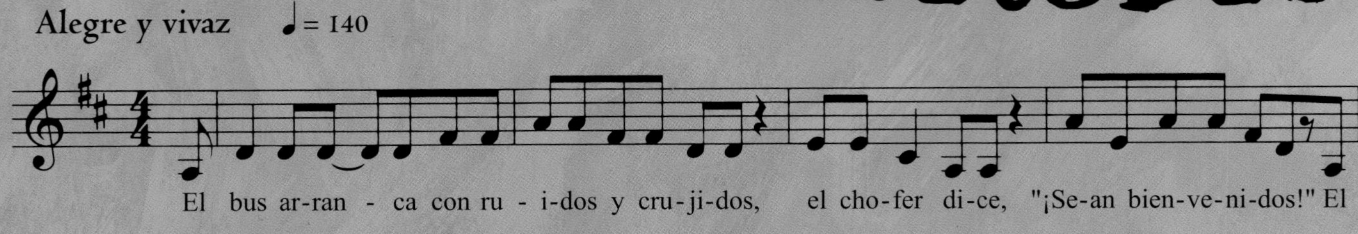

Barefoot Books
2067 Massachusetts Ave
Cambridge, MA 02140

Vocales principales por Brian Amador • Coros por Rosi Amador • Vocales adicionales por Sonia y Alisa Amador
Arreglo musical por Brian Amador, Greñudo Music (BMI) • Guitarra, tres, percusión y programación en MIDI por Brian Amador
Grabado, mezclado y masterizado por Brian Amador • Animación por Sophie Marsh y Thomas Barth, Bristol, Inglaterra • Photoshop por Sarita McNeil

Publicado por primera vez en los Estados Unidos de América por Barefoot Books, Inc. en 2014
Esta edición en rústica en español con CD fue publicada por primera vez en 2017

Diseño gráfico de Bianca Lucas, Busy Bee Press, Inglaterra
Separación de colores por B & P International, Hong Kong • Impreso en China en papel 100 por ciento libre de ácido
La composición tipográfica de este libro se realizó en Carrot Cake y Centaur
Las ilustraciones se prepararon en acrílico, lápices y tiza

Edición en rústica en español con CD ISBN 978-1-84686-789-7

Información de la catelogación de la Biblioteca del Congreso se encuentran en LCCN 2013030537

Traducido por María Pérez

1 3 5 7 9 8 6 4 2